COMO O DIABO GOSTA

O Primeiro Manual de Sexo Implícito

Projeto Gráfico, Impressão:

alphagraphics®
Ibirapuera

Imagexpress Artes Gráficas Ltda.
Av. Ibirapuera, 3407 - Moema
Tel.: (011) 536-3253 • Fax: (011) 241-1478

Comentários virtuais sobre a ginástica do amor

1a. POSIÇÃO

Éhoradolanchequehoratãofeliz (Rosqueiaqueassimeupeçobis)

Se você quer saber se é o parceiro ideal, entre no clima e tente dar um giro de 360 graus, de forma que termine deitado embaixo da parceira sem se perder em conceitos de pontaria, e sem fazer hora alegando que o cachorro é uma lorpa.

Aqueles que conseguirem receberão o título de Tanaka 91 cm (Não vale usar esticulantes).

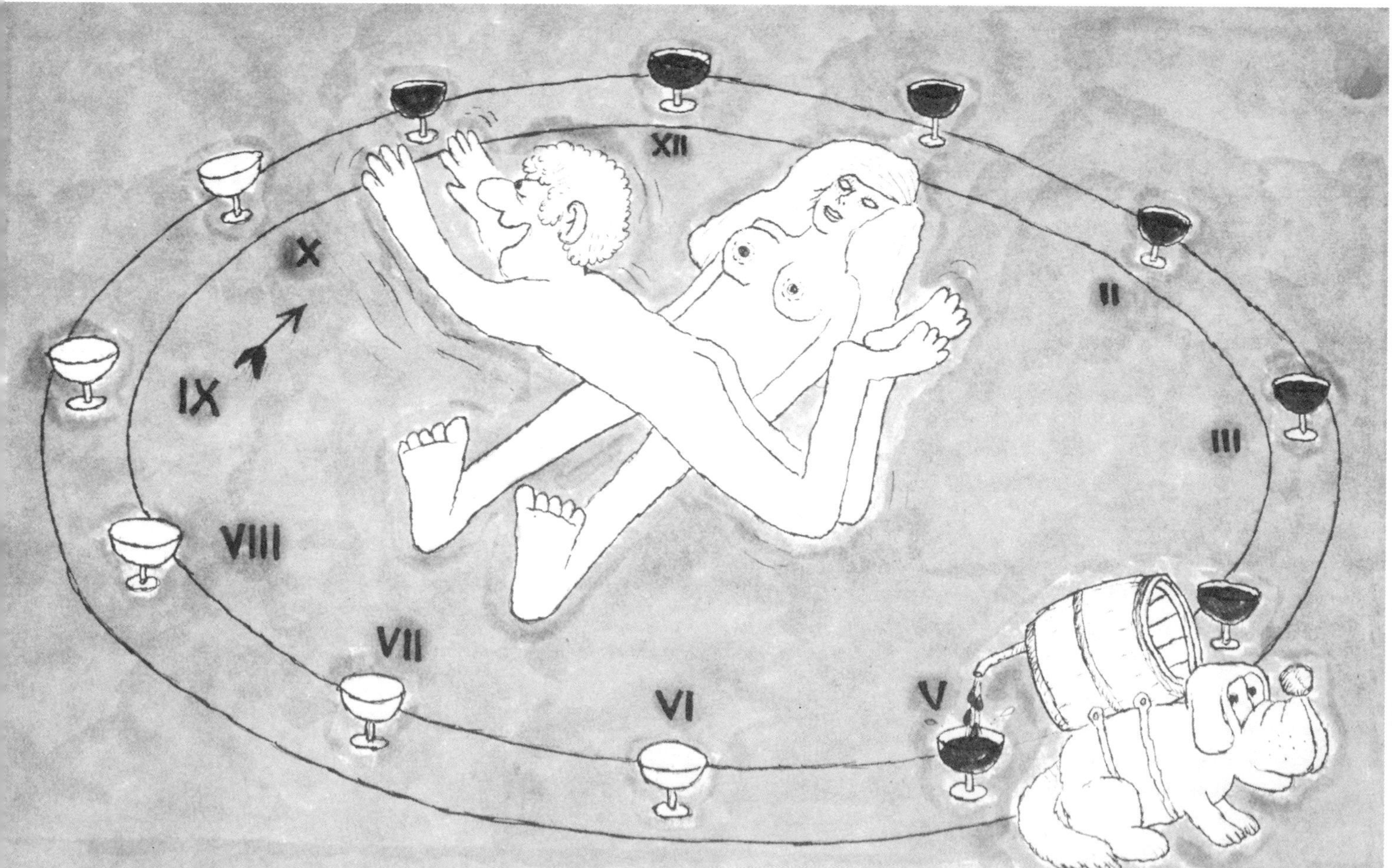
XII
II
III
V
VI
VII
VIII
IX
X

2a. POSIÇÃO

Jé Tis Quis

A expressão "Jé tis quis" nasceu com esta posição, lá pelos idos de 1939, no Maquiavelicustão, quando da visita de Cola de Mela, ilustre presidente do grupo "Vamo nessa, minha gente". Recepcionado pelo Ministro do 1° Mundo, foi por este convidado a experimentar a carroça durante as festividades de seu lançamento naquele país.
O evento foi prestigiado por toda copulação, que torcia para que a varinha fosse mais curta.

N.B. - Para quedas sem muita prática, o próprio Cola recomenda tratamento à base de TEZOL® em spray (NÃO USE A POMADA).

3a. POSIÇÃO

Barril Trocentos Graus

Um tributo a todos os copoclistas fiéis ao PINGANIMIM.
O barril, aqui equilibrado com delicada maestria pelo sexo mais do que frágil, expica-se por si só.
Você decide se pernô - para passeios mais longos - ou Cuba Diet sem gelo - para voltinhas mais rápidas.
Os casais mais experientes foderão e, com certeza, tentarão cair na picanha logo em seguida, dando um cavalinho de pau, ou apênis um tempo para a saideira.

4a. POSIÇÃO

Elefantilidade

I

Se você pensa que elefante é mole
Elefante não é mole não
A tromba endurece sempre
Que o rabo leva um beliscão

II

Pode me faltar tudo na vida
Cuscus, cipó ou grão
Pode até faltar champanha
Tudo isso não faz falta não
Pode me faltar vergonha
Isso eu até acho bão
Só não quero que me falte
O danado do tesão

Repete **I, II** e pára de repente sem breque.

5a. POSIÇÃO

"O Buraco É Mais Embaixo"

O poeta estava certo.

No entanto, esta pode ser uma posição alternativa e original. Por exemplo, para os que trabalham na construção ondejacivil, para os assexuados do rock-paulera numa festinha light, ou para, quem sabe, endireitar o peru daqueles que passaram a vida comendo frango.

6a. POSIÇÃO

Tá Tudo Bem Aí, Bem?

Esta posição é usada para medir a competência, sob condições adversas, das aspirantes ao CREFLIF (Corpo de Recrutas para o Exército da Frente de Libertação Feminina).

Conhecida mais informalmente pelas recrutas como posição "Banho Maria", foi oficialmente incorporada quando, já na fase final dos testes com a Turma de 69, esqueceram Maria de molho e, quando se deram conta, Maria já era.

E o que é pior: sem sabecetinha dado legal.

7a. POSIÇÃO

Cupido, Tronco e Membro

Antigamente, quando o veado era literalmente pra lá de bicho bom, o Arco e Flecha era considerado esporte dos mais psico-desopilantes e praticado somente por arqueiros reais já co' saco cheio de tanto levá frechada pra casa.
Como a união começava a fazer à força, corria papo na Corte que o segredo estava em não esticar demasiadamente a corda do arco, pois tal desleixo implicaria perda irremediável da parceira.
Daí a origem das expressões: "Detesto mulher atirada", "Vai que depois eu vou" e "Porra louca".

8a. POSIÇÃO

Credo, Como Você Queimatoa!

Quando as zonas erógenas passam a ser meras extremidades sem sentido, é hora de adotar esta posição. A parceira deverá inserir apenas 2 (dois) de seus dedos na tomada de 110 volts mais próxima. Recomenda-se que os parceiros mais esquentados não fiquem ligados por mais de 5 minutos, pois serão literalmente varridos do local e encaminhados ao Rei Momo mais próximo quando a folia acabar. IN MEMORIAM.

220 V

9a. POSIÇÃO

A Lazanha Pode Esperar

Ao contrário do que a maioria possa imaginar, esta posição não requer qualquer noção de como fazer massa caseira.

10a. POSIÇÃO

Duro na Queda

Já está provado que a distância ideal entre as parceiras é 1.83 m (12,2 paus*) e o mais audacioso ângulo de clitorização ficaria entre 25° e 31° na horizontal, se todo mundo picasse imóvel.
Esta posição é a mais indicada para homens com fobia de mudanças drásticas, ou professoras de virginástica que sabem mexer os pauzinhos mas não entendem picas de nada.

*Medida grega do séc. IV, usada para medir a distância entre o útil e o agradável.
[1 pau = melhor que nada] *(Nota da autora)*

11a. POSIÇÃO

Descendo a Rampa

Se o modelito for ejaculação precoce, esta é a página do manual.
Um eixo Cardan em bom estado proporcionará tempo ideal de rotação, sustentando o molejo e controlando o fluxo de graxa até o fim da linha de montagem.
Assistência, só técnica.

12a. POSIÇÃO

Vai Passumpaulo, Minino!

Muito mais do que uma posição. Esta é uma proposta prática com vistas a conseguir grande intimidade sexual quando se tem mais criança do que m^2.

Indicada para casais que ficharam residência nas grandes capitais brasileiras, sejam elas desaparecíveis em água doce ou salgada.

13a. POSIÇÃO

OLIMPICARUM SAFAS (*)

Impressionante o que esses caras não fariam com a boca.

(*) Nota da Versão Brasileira: 10 (dez)

14a. POSIÇÃO

Todo Cabo Tem Seu Dia de Mina

Uma posição puramente militar.
O rajar da metralhadora e a aparência incomum da unidade de ação contribuem enormemente para dar vontade em qualquer pistolão inimigo.
É importante não gastar todo estoque de munição antes do orgasmo, uma vez que isso amoleceria o moral da tropa e acordaria o sargento.

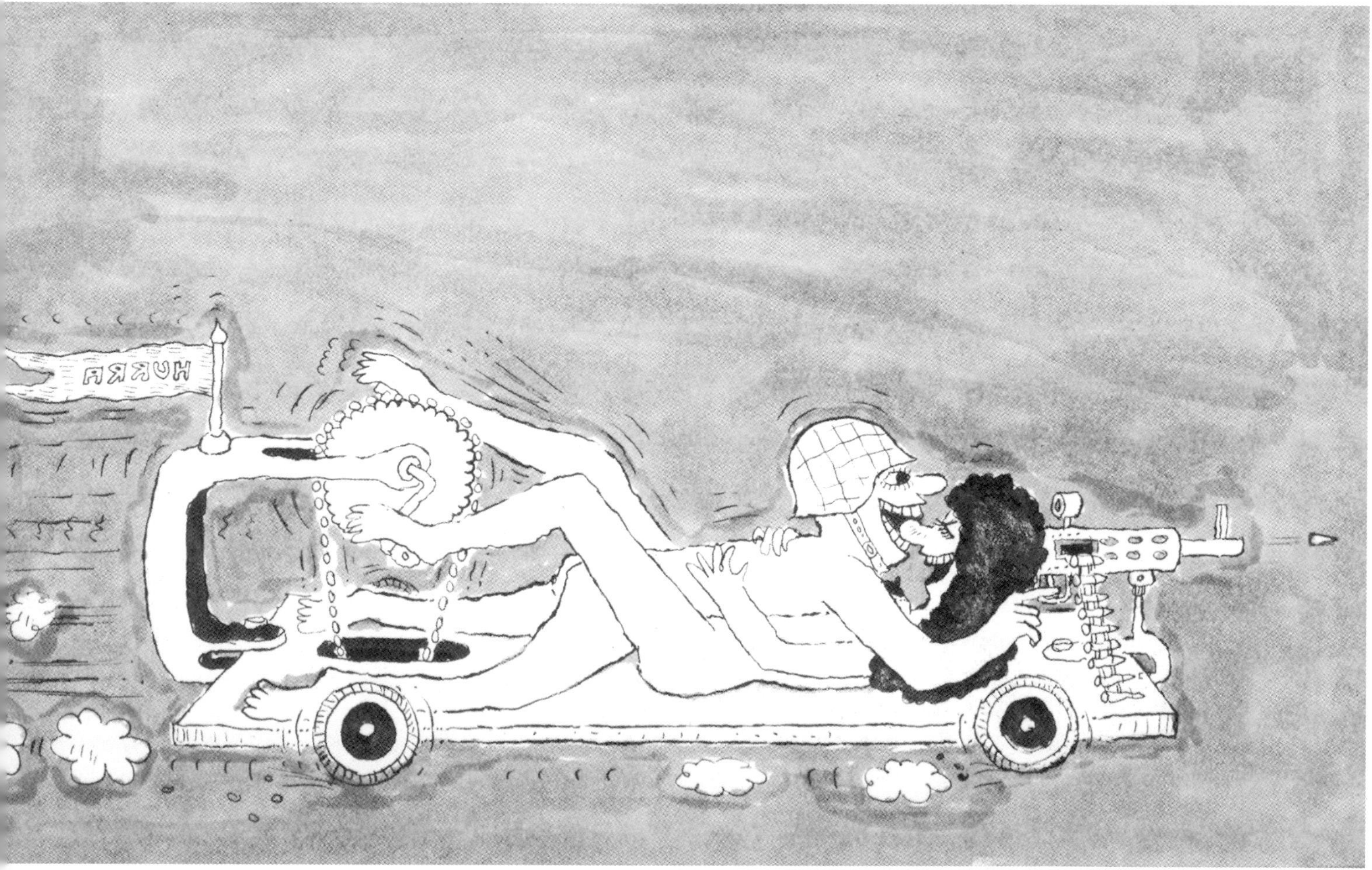
HURRA

15a. POSIÇÃO

Teorema de Gerson

Se **BA** é uma base de transcendência de **Ga'** sobre **πn**, pode-se formar o corpo (**BA**), uma expressão erótima de **πn** (**BA**), porque, se a união de **BA** com **πn** não fosse **πn BA**, **Ga'** não seria uma puta base.
Portanto, "Se ficares por baixo, verás estrelas."

C.d.f.c.q.d.

16a. POSIÇÃO

Segu-u-ura Benzão !

A fim de não prejudicar o álvaro, esta posição deve ser ensaiada com bastante dedicação. Somente após o parceiro ter acertado na moça 90% das vezes, é que a parceira deverá trepar na árvore.
É essenxual que o espertinho-mitido-a-tarzan, após ter dado seu grito de guerra, feche a boca e coma quieto.

17a. POSIÇÃO

"A Velocidade É Amiga Do Tesão"

Inspirada na película "ORGISSÉIA DE UM CAMPEÃO", esta posição estabelece a concentração, o ritmo e o humor necessários para bater o recorde de kilometragem rodada com tudo em cima.
O movimento das pernas do parceiro é orientado pelas exigências do breque, embreagem, acelerador e câmbio. A parceira, por sua vez, fica encarregada do volante, setas e do lero-mole com Arrota, Aguarda Municipal e/ou curiosos em geral.
Repare que o carro não é vermelho nem tem espelho pra pentelhar.

18a. POSIÇÃO

ANATO-AERO-DINÂMICA

Após encaixar a parceira (1), rosquei-IÊ-IÊ-IÊ utilizando ambas as mãos, sempre no sentido horário. Ao atingir a marca de 3000 revs/min, coloque-se em posição angular para a decolagem (2). Basta um leve empurrãozinho e você ganha altura rapidinho (3).
Durante o vôo, fique de olho. Bater de frente estragaria tudo.

1
2
3

19a. POSIÇÃO

Posição Pé-de-pato-mangalô-3-veis

Pode parecer que esta ilustração seja parte de algum livro do tipo "1001 Utilidades do Periscópio", mas não. Ela registra o ânimo daquele casal genuinamente brasileiro, sempre pronto para novas emoções .

Repare o desprendimento do rapaz, e como a garota abunda vibrações.

A mensagem é clara: "Já que tá tudo fudido, vamo tacá o pau."

20a. POSIÇÃO

É Dialogando Que a Vaca Vai Pro Brejo

Ela: "Caba não, mundão!..."

Ele: "Caba sim, qué bão!..."